SOUVENIRS

DE VITTORIA

ET

DE PAMPELUNE.

ANNÉE 1813.

NEVERS,

IMPRIMERIE DE C. SIONEST, RUE DU FER, 16.

1846.

SOUVENIRS

DE VITTORIA

ET

DE PAMPELUNE.

ANNÉE 1813.

NEVERS,

IMPRIMERIE DE C. SIONEST, RUE DU FER, 16.

1846.

Au

Commandant Barat,

Ancien Compagnon d'infortune.

Miser, miseris succurrere disco.

Duprilot,
D.-M. P.

SOMMAIRE.

Bataille de Vittoria. — Jourdan est réputé l'avoir perdue par incurie. — Désastre complet; artillerie, bagages, presque tout reste au pouvoir de l'ennemi. — L'armée se rallie le lendemain sur la route de Pampelune. — Au bout de quelques jours, elle est devant cette place, la laisse avec 4,000 hommes de garnison, et se retire sur les Pyrénées. — Siége de Pampelune par les Anglais et les Espagnols réunis. — Bombardement de cette ville par les coalisés. La garnison manque promptement de vivres; elle se bat chaque jour pour moissonner dans la campagne. — La disette devient plus pressante. — Soult tente de délivrer la place et d'y jeter des vivres. — Pendant trois jours et trois nuits les Français campent à notre vue. — Soult rétrograde, car ses convois sont compromis. — Désespoir de la garnison. — Cartel pour la sortie de la majeure partie des habitants. — Les Anglais ne veulent rien laisser passer, et les portes de la ville se sont refermées sur eux. — On mange 500 chevaux; le cheval de Cassan, le gouverneur, est seul épargné. — Famine horrible : on mange les chiens, les rats. — La garnison est décimée chaque jour par la bombe, les maladies, la faim. — Le colonel Moncune est envoyé pour parlementer, après quatre mois de siége. — On propose de rendre la place avec les honneurs de la guerre. — Wellington veut qu'on se rende à discrétion. — Indignation des soldats. — On mine la citadelle. — On se propose de la faire sauter. — Pendant le désordre, on se jettera à travers l'ennemi pour se frayer un passage. — Wellington, informé de ce projet, envoie à son tour un parlementaire qui accorde tout ce qui est demandé. — Le 1er novembre, après quatre mois et huit jours de siége, la garnison rend la place; 1,500 hommes exténués sortent prisonniers de guerre et partent pour l'Angleterre. — Les officiers conservent leurs armes et leurs bagages, les soldats leur sac; mais ces derniers furent presque tous dépouillés.

Oui, c'était le vingt-quatre, en juin dix huit cent treize ;
L'aube à peine naissait : la phalange française,
Agile, insouciante, allait d'un pied léger
A la voix de son chef en ordre se ranger
Devant les bataillons de la vieille Angleterre ;
Nos soldats, fatigués de sentir par derrière,
Un timide ennemi qui, depuis plusieurs mois,
Nous suivait lentement, s'arrêtait chaque fois
Que, dans son fier dédain, notre arrière-garde,
Brusquement lui montrait sa vaillante cocarde,
Devant Vittoria, demandent à grands cris,
A ressaisir un sol dont ils semblent proscrits.
La voix de ces héros, retentit à l'oreille
De Joseph, soucieux : ils promettent merveille,
Ils veulent réveiller un espoir qu'il n'a plus....
Mais, Jourdan n'était plus le Jourdan de Fleurus !...
Dans son cerveau flétri, la vieillesse caduque
Logeait, depuis longtemps, une faiblesse ennuque ;
Ses membres engourdis n'aspiraient qu'au repos,
Et, Jourdan, n'avait plus de l'antique héros,
Que le nom révéré ; de sa mâle énergie,
Hélas ! que restait-il ?... La plus triste apathie
A peine permettait que de loyaux avis
Annonçassent les plans que l'Anglais avait pris.

« Maréchal, lui dit-on , Wellington , en personne ,
« Manœuvre sourdement ; je sais qu'il échelonne
« Des bataillons épais jusque sur Mondragon.
— « Colonel,[1] vous errez : là n'est pas Wellington.
« De vos chasseurs craintifs les timides prunelles
« Ont, pour des bataillons , pris quelques sentinelles ;
« Quelques hommes épars leur en ont imposé,
« Et , sur de vains rapports vous vous êtes basé. »
L'incrédule Jourdan, que le destin maîtrise,
Reconnut , mais trop tard , sa fatale méprise !...
Malgré le fier Sarrut qui couvrait Bilbao ,
Dijeon , Lamartinière écartant de nouveau
Beresfort, qui, sept fois, plein d'une ardeur guerrière,
Avançait pour reprendre une étroite rivière ;
Malgré Reille , enfonçant avec ses vieux dragons ,
Ce qu'avait épargné le feu de ses canons ,
Tant de beaux mouvements et de savante audace,
Sont perdus sans retour , le chef restait de glace.
A la fin , acculé dans un étroit terrain,
Vers la Puebla, Jourdan se réveillait en vain ;
En vain , il évoquait sa vaillance première,
En vain, de son œil creux jaillissait la lumière ;
Ses nombreux escadrons, cernés de toutes parts,
Sombres ou furieux , dédaignaient ses regards :
Pressés , emprisonnés, que pouvait leur courage ?
Déjà , de la fortune ils ressentent l'outrage.
Pour comble de malheur , quatre-vingt-dix canons,
Qui pouvaient tout sauver, en paix près des caissons,
N'attendaient qu'un signal pour dépêcher la foudre,
Frapper ces faux lauriers et les réduire en poudre !...

[1] Colonel Michel Desfossés , du 22me chasseurs à cheval , ancien maire
de Saint-Révérien.

On peut, se retranchant sous ce noble rempart,
Ravaler à plaisir l'orgueilleux léopard;
Et, sur son ennemi repoussant le déboire,
D'un mot, on peut fixer l'infidèle victoire....
Mais, non ! l'imprévoyance a gagné tous les cœurs.
Victimes en ce jour d'incroyables erreurs,
Des femmes, des enfants, des serviteurs fidèles,
Qui de Joseph errant partageaient les querelles,
Palpitant de regrets, tristes jouets du sort,
Fuyaient, désespérés, en invoquant la mort !...
On voyait les blessés frémissants de colère,
Attendre, l'arme en main, leur sinistre adversaire;
Et, suivant de leur cœur le généreux essor,
Mourants, vouloir venger, par un dernier effort,
Cet honneur compromis, idole de leur vie...
Que de sang précieux perdu pour la patrie !!
Que de guerriers trompés, indignés de leurs fers,
Ont préféré mourir que survivre aux revers !
J'ai vu, j'en garderai la terrible mémoire,
Un dragon amputé, triste amant de la gloire,
Assis sur un brancard, l'œil en feu, l'arme en main,
Dirigeant vers son cœur le poignard assassin :
« Le plomb n'a pas voulu de ce reste de vie,
« Accepte-le, dit-il, ô ma noble patrie !
« Je veux mourir pour toi !..» — Soldat dénaturé,
« Sur toi peux-tu porter un bras désespéré ?
« M'écriai-je : entends-tu la voix qui te réclame ?
« Un tendre souvenir n'éveille-t-il ton ame ?
« Ta mère !...» A ce doux nom, le désespoir s'enfuit.
Pauvre soldat ! près d'elle, un dieu t'a-t-il conduit ?...
A la fin, tout s'ébranle et se heurte et s'emmêle;
Bientôt on ne voit plus qu'un affreux pêle-mêle,

De blessés , de fuyards, de caissons , de chevaux ,
De femmes, de proscrits qui déploraient leurs maux !....
Avant de s'éloigner, l'un court aux équipages ,
Pour sauver, s'il se peut, ses modestes bagages ;
L'autre, pour ses trésors , le plus cher de ses vœux ,
Ne craint pas d'attirer sur lui de nouveaux feux ;
L'air égaré, tremblant d'horreur et d'espérance,
Ne songeant qu'à son or, dédaignant sa défense,
Il court..... il aperçoit ses fourgons renversés !...
Amis comme ennemis , l'un sur l'autre entassés ,
Oubliant leurs fureurs, leurs fatales misères ,
Haletants, s'approprient des dépouilles si chères ;
Et , dans les flots d'argent , sur le sol répandus ,
Vaincus, victorieux se roulent confondus !...
Tels, cédant aux instincts d'une immonde nature,
Des pourceaux affamés s'arrachent la pâture.
Un instant les Anglais et le Français , surpris
De se trouver si près , regardent, ébahis ,
Leur uniforme empreint de sang et de souillure ;
Mais bientôt , rappelant et la haine et l'injure ,
L'un vers l'autre poussés , ils cherchent, furieux ,
A s'arracher leur or et leur cœur malheureux ;
L'or, d'un noble rival fait un tigre sauvage ;
Dans le sein l'un de l'autre ils ont trouvé passage :
Ils tombent !.... L'avarice a desséché leurs fronts ;
Et de leurs doigts crispés s'échappent les doublons.
Que vous dirai-je? hélas ! dans ce désordre extrême ,
Tantôt disparaissant, je me cherchais moi-même ,
Et tantôt, relevé sur le faîte des flots ,
Mes yeux épouvantés contemplaient ce chaos,
Cet océan houleux , ces ondes mugissantes
Que dominaient partout mille têtes sanglantes !...

Ainsi, parmi les eaux, roulaient avec fureur,
Les glorieux martyrs du vaisseau *le Vengeur*.
A travers les guérets ou l'épine touffue ,
L'instinct , la peur guidant cette affreuse cohue ;
La sombre nuit enfin , vint , de son crêpe noir ,
Voiler ce grand désordre et notre désespoir.
Le lendemain , pourtant, quand l'ombre fugitive
Eut démasqué le jour , chacun , l'âme pensive ,
Le regard consterné, cheminait lentement ,
Et chacun, en songeant au triste évènement ,
Aux fâcheux résultats qu'une erreur a fait naître ,
Sentait, à chaque pas, son courage renaître.
Ils n'osaient contempler le front morne et hautain
Des officiers bravant un injuste destin ;
Mais à leur fier regard retrempant leur nature ,
Et , près d'eux , retrouvant la martiale allure
Et la noble fierté qui fixe les succès ,
Ils maudissent l'affront qu'ils noubliront jamais.
Fidèles par la suite à leur gloire jalouse ,
Ils vengèrent, plus tard, dans les champs de Toulouse ,
Sur les Anglais vaincus , l'échec immérité ,
Fruit, hélas ! trop amer d'un plan mal arrêté.
Parjure aveuglement, à la France étonnée ,
Que tu fis payer cher cette affreuse journée !!...
Foy, que tu nous plaignis !.. Et toi , vaillant Clauzel ,
Quand , prompt au rendez-vous et fidèle à l'appel ,
Près de Vittoria, tes vaillantes cohortes ,
Aperçurent l'Anglais qui campait à ses portes ;
Dis-nous quel coup soudain révolta ton orgueil ?..
Que ton cœur fut navré, quand la victoire en deuil ,
Levant, à ton aspect, son humide paupière ,
Dit : Six mille des tiens ont rougi la poussière !...

Sur tes pâles soldats jetant l'œil attristé,
Enfants, éloignons-nous d'un sol ensanglanté;
Nous arrivons trop tard !… Mais, le dieu des batailles,
Leur promet, par nos soins, d'illustres funérailles.
En perçant la Navarre, il atteint Oléron,
Foulant sur Tolosa, Foy, marche sur Iron ;
Suchet, abandonnant la fertile Valence,
En se vengeant du sort, vers l'Aragon s'avance ;
Et bientôt, arrêtant l'Anglais victorieux,
Parut Soult, devancé par son nom glorieux.
Cependant, l'ennemi, surchargé de dépouilles,
Avançait lentement ; déjà quelques patrouilles,
Signalaient dans les champs, les rouges léopards ;
Déjà, dans le lointain, des escadrons épars,
Aiguillonnant les flancs des cavales légères,
En nuages poudreux faisaient jaillir les terres;
Mais, nos hardis chasseurs aux panaches sanglants
Les mesurent de l'œil et resserrent leurs rangs :
Bien qu'à peine pourvu d'une mince pâture,
Le coursier, de son maître a ressenti l'injure,
Et du clairon guerrier aspirant les accords,
Arquant sa noble tête il dévore son mors.
Pourtant, des ennemis, la cohorte lointaine,
Ralentissant le pas semble reprendre haleine ;
Incertaine, elle hésite : elle avait deviné
Qu'un repentir brûlant, du Français consterné
Dans un instant peut faire un lion téméraire :
Alors, ne visant plus qu'à nous suivre et se taire,
Notre halte s'ébranle, et plein de son courroux,
Le soldat murmurant gagne le rendez-vous.
En effet, près delà coulait une rivière,
Un pont la surmontait : Une garde sévère,

Explorant du regard l'horizon d'alentour,
De ses frères errants attendait le retour :
On les signale.... Dieu ! quelle heureuse journée !...
On se retrouve enfin !... Une douce mêlée
Confond dans un moment ces illustres martyrs.
Aux blessés des regrets, aux absents des soupirs !...
Il m'en souvient, mon âme en est toujours émue ;
C'est là que, parmi tous, une voix bien connue
Demandait, appelait un malheureux ami :
Ce nom, c'était le mien, et d'un ami chéri [1]
La voix avait frappé mon oreille attendrie !...
J'accours, c'était bien lui ! Quels tourments dans la vie,
Ne sont pas effacés par un pareil bonheur ?...
Qui le nîra, jamais n'a senti le malheur.
— « Viens avec moi, dit-il : une étroite masure,
« Du pain, un peu de vin répareront l'injure
« Qu'un jeûne meurtrier fit subir à ton corps :
« Sur la paille étendus, hélas ! à demi morts,
« Reposeront vers toi deux victimes récentes ;
« L'un, est un officier aux paupières mourantes,
« Que le plomb fit tomber hier non loin de moi ;
« Déjà de son vieux père il déplore l'émoi !...
« L'autre, un pauvre soldat, dont la cuisse, emportée
« Par un boulet, vient d'être à l'instant amputée !...
« En reposant, ami, tu veilleras près d'eux,
« A nous de compâtir à tant de malheureux ;
« Les protéger sanglants, voilà notre partage ;
« Les disputer au fort, c'est là notre courage ;
« Viens près d'eux, moi je vole à de nouveaux ébats.
Homme compatissant ! Naguère Auxerre, hélas !

---

[1] Le docteur Billout, aide-major au 55me de ligne.

Qui regrette toujours tes dernières années,
A vu jeunes encor finir tes destinées !...
J'ai vu ta tendre épouse, étouffant ses sanglots,
Sourire et te flatter en dévorant ses maux :
Quand toi, les yeux fixés sur sa douce figure,
Pour elle tu priais le dieu de la nature ;
— Pauvre ami... C'est ainsi que tu devais finir :
Faire tout pour autrui, t'ignorer et mourir !!...
Enfin, après deux jours de fatigues cuisantes,
De dangers, de combats, d'alertes incessantes,
Les soldats, épuisés, demandaient le repos ;
Du pain, quelque sommeil et le cristal des eaux,
Unique ambition du Spartiate austère,
Tels étaient les trésors qu'enviait leur misère !
La faim fut appaisée, et bientôt, dans le camp,
Le chef n'entendit plus que l'haleine du vent.
Dans sa tente enfermé, lui seul veillait encore,
Pendant que tous dormaient, lui seul guettait l'aurore ;
Et, le coude appuyé, près d'une table assis,
Il inspectait de l'œil la carte du pays.
N'envions point aux grands le rang ni la puissance,
Ces honneurs que l'on brigue et que la foule encense
Ne sont que trop payés aux dépens du repos :
Le pauvre dort en paix, après ses durs travaux ;
Lorsque dort l'océan, le matelot sommeille,
Mais, près du gouvernail, le pilote qui veille,
L'œil fixé sur l'étoile, et le compas en main,
En glissant sur les flots observe le destin.
Enfin, l'aube apparaît, et l'airain qui résonne,
Rappelle avec fracas les coursiers de Bellone ;
Les tambours ont frappé le signal du départ ;
Tout est debout, s'aligne, attend le mot et part.

En silence chacun s'interroge soi-même ,
Et , veut dans son esprit, résoudre le problème
Que tous se sont posé : qui , d'un vieux général ,
Souvent n'a révélé , dans un moment fatal ,
L'instinct intelligent ?... D'une imprudence rare ,
Quittons-nous, disaient-ils , le sol de la Navarre ?
Oh ! s'il en est ainsi , saluons pour toujours
Les champs de l'Ibérie ; abandonnons le cours
De projets enfantés par un hardi système ,
Et toi, Joseph , réponds : Adieu mon diadème !...
Mais, comment supposer qu'un si mince succès ,
Assure notre honte et l'honneur de l'Anglais ?...
Impossible ! demain , cette crainte importune
S'envolera devant les murs de Pampelune.
Nous devons conserver la royale cité
Qui du sol Espagnol sera toujours la clé.
Là , d'un fol ennemi finira la jactance,
Là , nous ressaisirons , à l'aspect de la France,
Cette énergique ardeur qui prélude aux exploits ,
Qui , menteuse un seul jour , nous fit vaincre cent fois.
Telle était des soldats la commune croyance ,
Et moi-même, de tous partageant l'espérance ;
J'avais hâte de voir ces superbes remparts ,
Prodige de Vauban , ces bastions épars ,
Comme Argus aux cent yeux interrogeant la plaine ;
Et bientôt, en effet , la cité souveraine,
Debout sur un rocher vint frapper nos regards :
Sur ses tours, orgueilleux flottaient nos étendards ;
Sur ses flancs se groupaient cent bouches meurtrières ;
A ses pieds , de l'Arga les nymphes tutélaires
Épanchant leur cristal à travers les roseaux ,
Assuraient aux soldats les bienfaits de leurs eaux ;

A droite reposait la grave citadelle :
Pour bien l'apercevoir il faut être sur elle.
Parfois, quelques canons au sourd bruissement
Annonçaient aux échos qu'un grand évènement,
Près d'elle amoncelait nos errantes cohortes :
Le peuple, comme un flot, débordait par les portes,
Et d'un front, enhardi par nos deniers revers,
L'Espagnol, radieux, de ses desseins pervers
A peine consentait à voiler le mystère.
Que dire ?... il faut tout voir, et souffrir, et se taire.
Depuis deux jours, la fièvre excitant mon cerveau,
Augmentait mes soucis par un tourment nouveau :
J'avais vu mon ami, fatigué, sans chaussure,
Cédant au pur élan d'une douce nature,
Pour moi se dessaisir du précieux secours
D'un cheval qui devait alléger des longs jours
L'incessante fatigue; et malgré sa prière,
Désirant l'affranchir d'un surcroit de misère;
Quoiqu'il pût m'arriver ou de bien ou de mal,
J'exigeai qu'il me fît conduire à l'hôpital.
Là, je devais trouver pour ma force épuisée,
Quelques jours de repos. Ainsi que la rosée
A consolé la terre après un jour brûlant,
Bientôt un peu remis, à ses vœux me rendant,
Je devais retrouver sa tente hospitalière,
Et le corps raffermi, reprendre ma carrière.
Le soleil s'abaissait : A demain ! à demain !...
Je partis.... Et depuis, je l'attendis en vain.

II

Soit heureux, dit Horace à la verve légère,
L'intrépide marchand, dont la barque éphémère,
Ne craint pas d'affronter les flots thyrréniens !...
Soit heureux, celui qui convoitant d'autres biens,
Dispute avec ardeur aux combats d'Olympie
Le laurier qui plus tard ennoblira sa vie !...
Retiré sous mon toit, fier de mes souvenirs,
Je goûte, quand je veux, d'aussi nobles plaisirs.
Le soir, près du foyer, quand l'errante pensée
Vient tourner les feuillets de ma jeune odyssée,
Je crois voguer encor sur les mers d'Albion :
Aussitôt, poursuivant l'ardente fiction,
J'aperçois des pontons l'affreuse silhouette !...
Et malgré moi, soudain, une haine secrète,
Semblable à l'étincelle, embrase mon esprit ;
Mon œil plane en courroux sur ce gîte maudit...
Vingt mille infortunés que les maux rendaient frères,
Ont donc, ainsi que moi, croupi sur ces galères !...
Insulaire félon, demande à nos Français,
Comme ils traitaient chez eux tes prisonniers anglais ?...
Sur notre sol sacré l'humanité respire :
J'ai souffert sur le tien un douloureux martyre !...
Et, souriant de loin à ce noir souvenir,
Je sens bientôt mon cœur oppressé de plaisir.

L'imagination, en déployant son aile,
Vers des pays nouveaux, légère me rappelle,
Aux rives du Danube elle entraîne mes pas ;
Puis, reprenant son vol vers les brûlants climats,
Je suis aveuglément sa course aventureuse....
Valladolid, Burgos, toi, Valence l'heureuse,
Madrid, et Ségovie avec ton vieux château,
Ton aqueduc géant... En pèlerin nouveau,
Je reviens visiter vos plaines embrasées,
Vos palmiers verdoyants, vos montages brisées
Par les torrents divers qui déchirent leurs flancs :
Bientôt majestueux, je vois ces flots puissants,
Promener en cent lieux, la vie et l'abondance.
Faut-il, qu'un tel pays, flétri par l'ignorance,
Si longtemps décimé par des bourreaux pervers,
Soit encore inhabile à rompre enfin ses fers !...
Espagne, tu reçus, comme une ignominie,
Le douloureux bienfait qu'une main trop hardie
A voulu t'imposer, et ce pénible affront
N'a servi qu'à creuser un abîme profond
Entre ton peuple et nous ; une aveugle vengeance
A brûlé dans ton cœur, et les fils de la France,
Jaloux de disputer de glorieux combats,
Trop souvent n'ont subi que des assassinats !...
Odieux Pancorbo, j'ai vu ton noir repaire ;
Sous tes rochers fumants, le bandit sanguinaire,
Armé du trabuco, nous apprit, en passant,
Que là, le vrai courage est rarement puissant...
Ailleurs, toujours, partout des forfaits à maudire!...
Dans chaque carrefour on voit le poignard luire...
Trompant un noble cœur, l'hôte, dans sa maison,
S'il l'ose, en un biscuit, vous offre du poison !!..

Je me rappelle encor ta brûlante atmosphère.
Combien de fois, souillé d'une immonde poussière ,
Le gosier halétant, la soif m'a dévoré !
Combien de fois, trompant un palais altéré ,
La main , en s'enfonçant dans une fange humide ,
A guetté, goutte à goutte, une boisson fétide !...
Et lorsque, par hasard , un liquide cristal
Promettait à nos vœux un bonheur sans égal ,
La poitrine penchée et la bouche béante ,
A peine, touchions-nous à l'onde miroitante,
Le visage crispé, nous reculions soudain.....
Cette onde était salée ! on se tordait en vain ,
Il fallait supporter cette longue agonie.
O fatigues sans nombre ! ô soleil d'Ibérie !
Sur nos fronts basanés, que ta brûlante ardeur,
Imprimait durement le sceau de la douleur !..
Ce n'était rien encor : la famine indomptable ,
Plus tard, devait meurtrir de sa main redoutable,
Ces corps, déjà brisés par de rudes tourments :
Pampelune devait décimer dans ses flancs
Ces soldats épargnés par l'arme meurtrière ;
Là , devait s'engloutir une élite guerrière
Qui, tant de fois, trompant les colères du sort,
Devait trouver ici l'esclavage et la mort.
O souvenirs empreints de douleur et de gloire !...
Pourrai-je raconter la triste et longue histoire
De tant de dévoûments, de périls, de combats ?
Pourrai-je peindre encor cet horrible fracas,
Que le boulet, l'obus et la bombe éclatante ,
Chaque jour répétaient sur la cité tremblante ?
Dirai-je aussi comment le paisible hôpital ,
Asile du malheur, malgré le noir signal

Qui , de loin, l'enseignait à la horde ennemie,
Eut lui-même à souffrir les coups de l'infamie ?
Comment ses serviteurs , dans leur soin paternel ,
Étaient près des mourants , frappés d'un coup mortel ?
Les blessés , leurs soutiens , fraternelles victimes ,
Allaient montrer ensemble aux dieux des noirs abîmes
Les stigmates sanglants de la férocité ,
Horribles monuments de cœurs sans loyauté !...
Mais, reprenons plus haut ces luttes magnanimes :
Puissions-nous, pour les rendre en paroles sublimes,
A notre aide entraîner les chœurs de l'Hélicon.

Déjà les feux du jour doraient le vieux donjon
Où mon corps, appauvri par de nombreuses veilles ,
Goûtait d'un long repos les douceurs sans pareilles ;
Le choc des lourds caissons, les chevaux hennissants
Des tambours mutinés les coups retentissants,
Le bruit des bataillons qui longeaient les murailles
N'avaient pu me troubler : de douces représailles
Se plaisaient à venger mes esprits abattus.
Enfin j'ouvris les yeux. Les regards étendus
Vers l'immense horizon qui terminait la plaine ,
Je cherchais nos drapeaux ; je découvris à peine
Quelques guidons lointains qu'un océan brumeux
De vapeur matinale enlevait à mes yeux.
Partout c'est le désert !... Cet effrayant silence,
Alors, de mes soucis vint doubler la puissance.
Ainsi Didon voyait du haut de ses remparts,
Loin d'elle s'envoler les bâtiments épars
Et le chef trop aimé de la race troyenne ;
Seule en son désespoir , sur la liquide plaine,
Elle porte un regard enflammé de courroux ,
Et maudit et les Dieux et les destins jaloux.

Une sombre terreur se glisse dans mes veines,
Je recule d'un pas : les plus poignantes peines
Comme un cercle brûlant étreignent mes esprits :
— Je veux crier... l'horreur paralyse mes cris.
Je voyais, près de moi, le doux pays de France
Où s'envolaient mes vœux ! je regrettais l'enfance
Et le soleil si cher de mon premier printemps,
Mes parents, mes amis !... Je pressentais les temps
Où courbé sous le poids d'une indigne misère,
De mes labeurs passés, je n'aurais pour salaire
Que la faim, ou la mort, ou la captivité !...
La froide mort, bien ; mais, perdre la liberté
Pour traîner une vie au milieu des outrages !...
Mais, se voir transporter sur de perfides plages
Où l'on rit des devoirs de l'hospitalité !...
Quels maux seraient plus durs qu'un joug si détesté ?...
Tout à coup, dans mon cœur je sens gronder l'orage :
Je crois être enfermé dans une étroite cage...
Ainsi Vandame, aux yeux des Russes inhumains,
En mordant ses barreaux maudit ses assassins.
De ma bouche, en effet, sortaient mille blasphêmes,
Je jurais contre tous, contre les dieux eux-mêmes ;
Un délire fougueux emportait ma raison,
Je frappais, insensé, les murs de ma prison !
Tant qu'à la fin, brisé par ma longue folie,
Je retombai bientôt dans la morne apathie
Qu'avait produite en moi la première douleur.
La fièvre reparut : pendant un mois, mon cœur
Affaissé sous le poids d'une sombre souffrance,
Refusa tout secours..... Je songeais à la France !
Le temps, qui calme tout, guérit aussi mes maux ;
Plus tard, je sus prouver à mes jeunes rivaux,

Que de nos lourds devoirs je sentais la noblesse ;
Et, faisant taire enfin cette indigne tristesse
Dont l'aspect m'accusait et pouvait m'outrager,
Je fis monter mon ame au niveau du danger.
Depuis peu, de nos murs franchissant les barrières,
On voyait, chaque jour, nos milices guerrières
S'épanchant dans la pleine, en moissonner le grain
Pour allonger le siège et retarder la faim ;
Et, chaque jour aussi, par la bombe assassine,
Le boulet qui, vingt fois en ricochant, butine
Les soldats déchirés, venaient grossir les rangs
Des malheureux groupés sous nos toits impuissants.
Déjà, de l'ennemi les nombreuses cohortes
Depuis presque deux mois environnaient nos portes,
Autour de nous déjà, montrant leurs fronts épars,
Cent bastions naissants menaçaient nos remparts.
Alors, je crois le voir quand, dans la nuit obscure
Les ardents travailleurs façonnaient l'embrasure
Où devait se loger le monstrueux canon,
Et quand partout régnait un silence profond,
Tout-à-coup, de nos murs, des pots pleins de bitume
Que le salpêtre enlève et que la foudre allume,
Lancés au milieu d'eux, les éclairaient soudain
D'une vive lueur ; notre terrible airain,
Qui, fier son affût, épiait la lumière,
A l'instant emportait la hutte hospitalière
Qui leur servait d'abri ; coup sur coup répétés,
Nos bronzes culbutaient leurs bronzes démontés,
Et, soudain des remparts, mille voix éclatantes,
Mille houras unis aux fanfares bruyantes,
Encourageaient l'élan de l'adroit artilleur ;
L'argent qu'on lui jettait stimulait son ardeur,

Et le soldat joyeux , allongé sur sa pièce ,
Briguait notre suffrage et redoublait d'adresse.
Le restant de la nuit, peu soucieux du sort,
Les assiégés riaient et glosaient sur la mort.
Combien de fois aussi, lorsqu'à l'ombre tombante,
Les soldats épanchaient leur verve délirante ;
Ne les ai-je pas vus saluer les éclairs
De l'obus qui s'élève en orbe dans les airs ?
Debout sur les remparts, égayant leur colère,
Comme les vieux Titans ils narguaient le tonnerre ;
Et, poussant aux Anglais mille brocards confus,
Ils mêlaient leurs clameurs aux éclats de l'obus
Dont les feux jaillissants, semés dans le feuillage,
Des joyeux farfadets nous présentaient l'image.
Dois-je vous peindre aussi ces tournois belliqueux
Qui flattaient si souvent nos regards curieux ?...
Voyez-vous ces Français qui peuplent les murailles
Et viennent en plein jour admirer les batailles ?
Comme chacun s'exalte ou pâlit de fureur
Selon que le succès à l'ardente valeur
Sourit ou fait défaut !... De loin on s'assimile
Aux combattants heureux ; on suit le fer agile
Qui se glisse, se heurte et frappe un autre fer,
Est repoussé, repousse, et prompt comme l'éclair,
S'enfonce avec bonheur sous l'armure impuissante
De l'Anglais qui frémit ; puis la lame sanglante,
Se redresse, s'alonge et perce un autre flanc....
Comme la mort s'agite et court de rang en rang !....
Comme l'ardent coursier , hennissant de courage ,
S'indigne et sur ses pas promène le carnage !....
L'adresse, la valeur enfin l'ont emporté ;
Pressé de plus en plus, l'Anglais est culbuté....

Je vois ses escadrons se perdre dans la plaine....
En vain, à nos fureurs, la poussière lointaine
Voudrait les dérober, le bronze vigilant,
Braqué sur le rempart, poursuit en mugissant
Les escadrons vaincus !!... Ainsi roule et s'épanche
Sur les troupeaux surpris la terrible avalanche.
Pendant ce temps sortaient, sur un autre côté,
Nos légers fantassins au fusil redouté ;
Les uns, se dispersant, ajustaient dans la plaine
Quelques chevaux épars courant à perdre haleine
Pour avertir les leurs au village voisin ;
D'autres, poussant la faulx, ramassaient le butin
Que la bonne Cérès avait par prévoyance
Semé non loin de nous ; car déjà l'abstinence
Commençait à lasser l'estomac exigeant.
Chacun coupait, liait, emportait en courant.
Le temps pressait : bientôt, menaçant la vallée,
On voyait accourir, par pelotons semée,
L'écarlate cohorte, et de nos bataillons
Les rangs presque affamés repoussaient ces brouillons
Dont l'esprit, échauffé par un puissant breuvage,
Exhalait et sa joie et sa haine sauvage.
Froids hyperboréens, pour allumer vos cœurs
Il vous faut le brasier des brûlantes liqueurs !
Chez nous, de l'étendard la magique puissance
Même dans la disette exalte la vaillance.
Ainsi, sur tous les points, de nos soldats vainqueurs
La gloire couronnait les pénibles labeurs ;
Mais chaque jour aussi, la plaine dévastée
Par ces mille combats, à la ville attristée
Offrait moins de présents, moins d'épis à cueillir ;
Et pourtant, il fallait qu'on songeât à nourrir

Et chevaux et soldats, et ce peuple en alarme
Qu'on voyait en secret dévorer une larme.
Long-temps on avait cru que de prochains succès
Pourraient vers la cité ramener les Français,
Ou de nos généraux que la savante audace
Parviendrait à jeter des vivres dans la place :
Hélas ! rien n'approchait de nos murs désolés !
    Déjà, dans leurs manteaux les hommes enroulés,
Les femmes, les enfants à la pâle figure
Ne pouvaient plus céler leur affreuse torture ;
La dévorante faim déjà crispait les traits
De tous ces malheureux ; victimes des forfaits,
Des atroces rigueurs d'une guerre homicide,
Les uns, en essuyant une paupière humide,
Essayaient d'attendrir le sinistre courroux
Des dieux et des mortels ; ils priaient à genoux
Que les portes pour eux fussent enfin ouvertes !...
Eh ! que leur importait les désastres, les pertes
Qu'ils avaient essuyés, qu'ils essuiraient encor ?
Ils offraient en tribut leur vaisselle, leur or,
Pour qu'il leur fût permis de traîner leur misère
Ailleurs que dans ces murs où la faim meurtrière
Chaque jour décimait leurs rangs inoffensifs.
D'autres, le regard sec, nous regardaient pensifs ;
Ils lisaient dans nos cœurs, malgré notre visage,
Un désespoir profond... Alors, un ris sauvage
Décelait leur pensée, ils croyaient voir finir
Leurs maux, et contre nous se dresser l'avenir.
Mais, que nous importait leur colère brutale ?
Ce qu'il faut repousser, c'est l'époque fatale
Où l'indomptable faim, le plus grand des fléaux,
Doit contraindre à céder la place à des rivaux.

Un grand conseil se tint pour traiter cette affaire :
On décida bientôt que, d'un parlementaire
Empruntant le secours, on convîrait l'Anglais
A laisser l'Espagnol emporter ses regrets,
Ses vêtements, son or dans un lieu plus tranquille.
Cet espoir aussitôt se répand dans la ville,
Et, sans plus retarder, un peuple de mourants
Au-delà des fossés court épancher ses rangs.
Trois jours nous avons vu, rebut de la nature,
Errer ces pauvres corps languissants, sans pâture,
Vers nous tourner sans cesse un douloureux regard ;
L'Anglais, sans les entendre et sans le moindre égard
Pour la triste vieillesse et pour la tendre enfance,
Froidement les repousse, et leur montre une lance.
Ainsi, pâles, errants, on voit les tristes morts
Longer de l'Achéron les sinistres abords ;
Tant que le dur nocher n'a reçu son obole,
Il repousse leurs vœux, et leur plainte s'envole.
    Après trois jours, enfin, nos regards attendris
N'ont plus rien retrouvé.... Trop malheureux débris,
Déplorables jouets des guerres inhumaines,
Étions-nous vos tyrans, quand nous brisions vos chaînes ?
Étaient-ils vos bourreaux, ces généreux Français
Qui, mûs par la pitié, vos vœux et vos regrets,
Sollicitaient pour vous la vie et l'abondance,
Quand déjà dans leurs cœurs périssait l'espérance ?
Parle, noble cité ; réponds, Saint-Sébastien,
Qui, de l'Anglais ou nous fut plus homme de bien ?...
Soldats géants qu'un jour l'empire fit éclore,
Que le temps a blanchis et que l'âge dévore,
Que rien ne fit trembler, que rien n'a pu ternir,
Acceptez en passant un pieux souvenir.

III

Mais, quel est ce bruit sourd ?.. Est-ce le vent qui gronde ?...
Est-ce un volcan lointain qui gourmande le monde ?...
— Pourtant, autour de nous la brise est tiède, et l'air
Semble s'épanouir plus limpide et plus clair :
Aucun nuage épais n'assombrit la montagne,
Et, comme hier l'oiseau s'ébat dans la campagne!...
Qu'est-ce donc, en effet, que les lointains échos
Viennent nous annoncer?... Trente mille héros
Balayant, devant eux comme une humble poussière
Nos ennemis vaincus, de leur noble bannière
Viendraient-ils déployer à nos yeux les contours?...
Dieux !... Pouvons-nous prétendre encore à d'heureux jours!
— Non, fuis loin de nos cœurs pardonnable espérance,
Une erreur nous tûrait. — Mais la tempête avance,
Et j'entends des canons les coups précipités...
J'entends aussi, je crois, mille fois répétés
Les bruits toujours croissants, les décharges soudaines
Des feux de bataillon !... Les joyeuses haleines
Des vents semblent porter ici vers l'horizon
Les cris des tirailleurs prenant position
A droite, vers ces monts qui dominent la place.
Oui ! Dieu victorieux.... Enfin je te rends grâce !..,
L'aigle vient ressaisir, perdus sur ces donjons
Ses enfants dispersés par le feu des canons !!..

Que la force redouble avec notre allégresse;
Demain disparaissez, et tourments, et détresse,
Et cortège de maux mille fois endurés !...
De beaux destins nous sont désormais assurés.

Que souvent est déçu dans sa frêle espérance
L'infortuné qui croit voir finir sa souffrance !...
Que le pauvre, en haillons, qui rêve de trésors
Fait pour les embrasser d'inutiles efforts !...

O désespoir !... Trois fois à la naissante aurore,
Si près des murs, pour nous ils combattaient encore !..
Trois fois la sombre nuit à notre œil soucieux
Des deux rangs opposés a fait briller les feux....
Le lendemain, plus rien !! — Cette terre fatale
Pour un convoi nombreux beaucoup trop inégale
Avait offert, dit-on, à l'ardeur des chevaux,
Aux chars embarrassés mille obstacles nouveaux.
Soult pouvait parvenir à toucher nos murailles ;
Car, malgré les renforts et malgré les mitrailles,
Escaladant des monts les récifs escarpés,
Nos valeureux soldats sur la pente groupés
Déjà nous contemplaient à l'abri de leur gloire.
Soult avec ses convois prévoyant un déboire,
Redoutant pour l'Anglais un facile butin
Rétrograde, et délaisse à merci du destin
Ceux que peut-être il eût, en osant davantage,
Ne pouvant les nourrir sauvés de l'esclavage !
Il en coûta sans doute à son cœur généreux
De faire à des Français d'aussi tristes adieux.
Mais, toujours a-t-on pu triompher des obstacles,
Et, l'art a-t-il toujours enfanté des miracles ?
Miltiade naquit pour vaincre à Marathon,
La France, à Marengo trouva Napoléon ;

Il fallut un César dans les champs de Pharsale....
Entre ces demi-dieux quel immense intervalle !
   A partir de ce jour, les corps exaspérés
Allaient, chaque matin, fondre en désespérés
Sur l'ennemi, surpris de leur terrible audace.
Des Cimbres, autrefois, telle on voyait la race
Au camp de Marius gravir avec fureur,
Emporter ses lauriers et laisser la terreur.
Dis-moi, vaillant soldat, intrépide Moncune,
Lorsque tu combattais aux champs de Pampelune,
Lorsque ton cheval blanc, aussi prompt que les vents,
Comme l'aigle portait la foudre dans les rangs ;
Qui pouvait soutenir ton regard formidable ?
Qui pouvait échapper à ton bras redoutable ?
Achille était moins brave, Mars était moins bouillant.
Honneur à toi, guerrier si preux et si brillant !...
Pourtant, j'ai vu ton font encor sombre d'alarmes
Pâlir avec effroi !... J'ai vu couler tes larmes
Lorsque, le dos penché sur un triste brancard
Ta main pressait la main d'un ami, que le dard
Enfoncé dans ses flancs, avait dans la journée
Moissonné près de toi !... Barbare destinée
Pourquoi si vite, hélas ! désunir deux amis !!...
Casenave [1].... En partant tu nous avais promis
Un retour plus heureux ! Mais, malgré ta prouesse,
Malgré les pleurs versés par ta belle maîtresse,
Qui, près de ton chevet, éplorée, à genoux,
Cherchait à désarmer le céleste courroux,
Tu tombas comme un lys moissonné par l'orage !...
Funeste enivrement ! trop précoce veuvage !

[1] Cet officier devait épouser une jeune espagnole.

Qui peindra tes regrets ?... Et toi, jeune artilleur,
Qui comptais le matin sur un destin meilleur...
A peine tu sortais de l'école savante
Qui, pour récompenser ton étude constante
Avait de l'épaulette orné ton frac nouveau....
Déjà tu descendais dans l'ombre du tombeau !!....
Ne pouvant réprimer le feu de ton jeune âge
Tu voulus malgré nous suivre de ton courage
L'élan impétueux.... Tu voulus dans les champs
Armé comme un soldat, faire feu dans leurs rangs,
Et fier sous ton harnais, portant la carabine
Tu disparus !.... Bientôt une balle assassine
Mutilant de tes os les tissus malheureux
Tu revins, le front pâle et la mort dans les yeux !....
Ah ! que tu compris mal l'avis si salutaire
Que je me permettais, quand en pressant l'artère
D'où sortait à regret un sang si généreux,
Je te disais : « Criez ; montrez-vous oublieux
« De la stoïcité dont la vaine parade
« N'est pas de la grandeur.... Ici point de bravade....
« N'allez pas opposer à la vive douleur
« Un arrêt qui ne fait qu'irriter sa vigueur.
Rien ne put le gagner : un tétanos horrible
Dans la nuit, amena la mort la plus terrible.
Fonbonne, plus heureux dans son triste malheur,
Bien que le plomb impie eût effleuré son cœur,
Put traîner languissant jusqu'à la fin du siège.
A-t-il pu, bon jeune homme, en évitant le piège
Que cent fois sur les mers le destin lui tendit,
Rendre un jour à la France un généreux proscrit !...
    Toi, pour qui je traçai cette page sanglante,
Barat, qui comme nous, as bravé la tourmente,

Et qu'un Dieu bienfaisant a reconduit au port,
Dis-moi, du pauvre esclave as-tu connu le sort?
    Quelle muse pourrait et sublime et sévère
Peindre enfin tous les maux que l'injuste colère
Des Dieux amoncelait sur la triste cité !...
Que peut le dévoûment, que peut l'humanité
Contre tant de douleurs?... La plus simple blessure
Revêtait le jour même une sombre tournure,
Les soins affectueux, les vigilants secours
A peine des destins ralentissaient le cours !...
Et l'airain fulminant, et le bruit de la bombe
Sans respect pour l'asile ou chaque jour la tombe
Hélas ! engloutissait tant de pauvres soldats,
Aggravaient les tourments et l'horreur du trépas.
    Sortons le cœur navré de ces voûtes funèbres,
Lieux redoutés vendus à l'ange des ténèbres ;
Dans la morne cité, voyons, jetons nos pas :
Toujours le glas des morts se mêlant au fracas
Des mortiers courroucés !!.. A la hâve figure
Des spectres ambulants, à l'horrible pâture
Que, d'une main crispée ils s'arrachent entr'eux,
On reconnaît partout la faim aux traits hideux.
En vain, pour l'apaiser, des aliments sordides
Débris impurs trouvés dans les fanges fétides
Par le peuple mourant, soudain sont engloutis ;
En vain il a fouillé les plus secrets réduits
Des maisons dont la crainte avait banni le maître :
Plus rien pour ses fureurs.... Plus rien pour se repaître !...
Les Français affaissés et sous le poids des maux
Le partage de tous, et sous mille travaux
Inévitable effet d'un siège lamentable,
Partageaient avec eux d'une main secourable

Un morceau de cheval, la moitié d'un biscuit.
En peu de jours, hélas ! on se trouva réduit,
Les chevaux consommés, à chercher sa pâture
En épiant les chiens, les rats !... La balayure
Des magasins de riz, déjà tout épuisés,
Un peu de son impur, des biscuits putréfiés
Qui logeaient, ô douleur ! la larve dégoûtante,
Exhalant pour surcroît une odeur rebutante,
Étaient les seuls brouets dont nos corps appauvris
En attendant la mort pouvaient être nourris !...
Le tabac, pour tromper la fougue délirante
D'un estomac rongé par la faim déchirante,
Était distribué d'une prodigue main :
On fumait tout le jour ; mais l'estomac à jeun,
Victime trop souvent de cette lourde ivresse
Dont le calme stupide enlaidit la tristesse,
Par des limons gluants, rendus avec effort,
Se réveillait plus vide et s'insurgeait plus fort.
Aussitôt,   comme si l'étincelle électrique
Eût touché les ressorts de sa machine étique,
L'affamé se levait, d'un sinistre regard
Parcourait son réduit, rencontrait un placard,
Le frappait de son pied, en enfonçait la porte....
— Où donc es-tu, gardien ? de suite arrive ! apporte
Le trousseau de tes clés !... Et le gardien, tremblant,
Pour réponse, à ses yeux offrait son œil mourant.
Furieux, d'un poignard armant sa main brûlante,
Brandissant devant lui la lame étincelante,
« Misérable ! du pain !... ou de ton corps maudit
« Le sang assouvira mon terrible appétit ! »
Puis, égaré, tremblant, jetant l'arme homicide,
Détestant sa fureur et son vœu fratricide,

Croyant être assassin et sentir le remords,
Il fuit, en maudissant et les Dieux et son corps.
Mon Dieu ! combien coûtaient à ces cœurs sans reproche
Tant de lâches fureurs ! Mais quand l'ardente torche
D'un fougueux désespoir nous brûle de ses feux,
Souvent le plus timide est un loup furieux.
    Un jour, j'étais en proie à la noire tristesse
Dans laquelle, en pleurant, s'éteignait ma jeunesse ;
Incertain, je marchais où me guidaient mes pas :
Un ami, tout à coup me saisissant au bras,
  « Viens avec moi, dit-il, le ciel à ma prière
  « S'est ému ce matin. » Une vive lumière
Jaillissait de son œil ; je regarde, ébahi ;
Dans un espoir si doux je crains d'être trahi...
  « Mais viens donc, poursuit-il ; jamais dans sa cuisine
  « Lucullus n'a logé gibier de telle mine :
  « Deux petits chiens dodus, ô prodige nouveau !
  « A peine dégagés du maternel berceau,
  « Reposaient sur la paille en attendant leur mère ;
  « Devine, si tu peux, le gîte, le repaire
  « Où, loin de tous regards, l'un vers l'autre accroupis,
  « Exprès pour nous sauver Dieu les avait nourris?...
  « Oui, si du directeur bénissant la manie,
  « Qui, lorsqu'à l'hôpital tout meurt, veille à la vie
  « De ces tendres enfants, je n'avais respecté
  « Jusque dans ses écarts la douce humanité,
  « J'aurais pu pour long-temps, en épiant la mère,
  « Soigner nos appétits et braver la misère ;
  « Mais... — Courons ; ton logis est plus près que le mien.
  « Quel bonheur !... aujourd'hui que nous dînerons bien ! »
    Arrivés sous mon toit, d'une main famélique
Déjà j'avais soustrait, par une fin tragique,

L'un des deux animaux à ce terrible sort
Qui mine lentement en aggravant la mort ;
Déjà j'avais, bourreau de l'innocente bête,
Dans le tuyau des lieux fait rouler une tête,
Lorsque ma porte s'ouvre, et me voyant sanglant,
« Cannibale français ! qu'as-tu fait de l'enfant
« Dont les cris étouffés ont frappé mon oreille ?… »
S'écriait mon portier. « Quoi ! ta rage, pareille
« A la rage du tigre, a déchiré le flanc
« D'un être inoffensif pour en sucer le sang !…
« De tes crimes passés tu combles la mesure.
« Eh quoi ! tu n'as pas craint d'outrager la nature ?
« Tu n'as pas ressenti le repentir mordant
« Qui, comme un ver rongeur ou comme un fer brûlant,
« Excitait dans ton cœur une affreuse torture ?
« Sois maudit à jamais, toi qui fis ta pâture
« De ce jeune innocent qui te tendait les bras !…
A ces mots, je le fixe ; et riant aux éclats
De la stupide horreur que montrait le brave homme ,
« Viens aussi , misérable ! oui, viens que je t'assomme !
« Dans ce lieu, sans témoin, que ton perfide sein
« A son tour soit percé par ce fer assassin !…. »
Alors , le saisissant d'une main écarlate,
Et sur lui brandissant la redoutable patte
Du carlin malheureux, que j'avais mise à part :
« Meurs aussi, scélérat ! » S'apercevant trop tard
Et de mon innocence et de sa brusquerie,
« Ah Señor ! criait-il, de tant de barbarie
« J'ai pu vous accuser, vous le meilleur Français !
« Vous le plus doux d'entre eux, et que tous mes regrets
« Suivront, en quelque lieu que le destin vous porte !
« — Assez ; point de bassesse ! allons, ferme la porte !

« Sans plus de compliments, restons toujours amis ;
« Accepte mon diner ; tiens, le couvert est mis. »
  Pardon, lecteur, si j'ai mêlé quelque burlesque
Aux récits sérieux ; d'une scène grotesque
Devais-je enluminer un lugubre tableau ?
Sur ce drame innocent abaissons le rideau ;
Terminons, il est temps, cette trop longue histoire
Dont les détails brûlants attristent la mémoire ;
Disons comment ces murs, victimes du destin ,
Malgré la citadelle, et la poudre, et l'airain
Qui devaient pour longtemps les préserver encore,
Sont tombés sous le poids de la faim qui dévore.
  En songeant aux douleurs de tant de citoyens,
De ces pauvres soldats que d'invincibles liens
Étreignaient en commun ; en voyant la détresse
Au sein flétri sur tous se déchaîner sans cesse,
Les chefs des assiégés se décident enfin
A secourir des maux que nul pouvoir humain
Ne sait plus surmonter. Mais qui, de Pampelune
Ira traiter du sort ?... C'est toi, brave Moncune,
A qui ce triste honneur par tous est dévolu.
Eh ! quel plus noble choix ?... quel autre aurait voulu,
Assumant le fardeau d'un honneur téméraire,
Plaider mieux notre cause et prétendre à mieux faire ?...
  Le paladin bientôt hors des glacis se rend ;
Un héraut devant lui porte le drapeau blanc,
Symbole de candeur et de vertu guerrière :
L'ennemi, quel qu'il soit, et respecte, et révère
Ce pavillon sacré, cet emblême de paix
Qui conjure la foudre et ses brûlants effets.
Tout se tait ; à l'instant, un coup d'œil de Bellone
Arrête la vengeance ; et le clairon qui sonne

Apprend au fier Anglais qu'on veut parlementer.
Moncune attend : sur lui cherchent à s'arrêter
Des yeux que son abord, sa figure sévère
Ont bientôt fascinés ; pendant qu'on délibère
S'il peut être introduit, un voile sur ses yeux
Empêche qu'il projette un regard curieux.
Enfin, comme un Œdipe il traverse en silence
Le camp où dans les rangs sa valeur le devance,
Et, conduit sous la tente où siége Wellington,
Libre de son bandeau : « Général, en mon nom,
« Au nom de la cité qui devant toi se dresse,
« Au nom du gouverneur, au nom de la détresse
« Où ton blocus heureux a réduit le soldat,
« Je viens te proposer de finir le débat
« Qui, depuis quatre mois, sur cette terre aimée,
« Dans tes rangs, dans nos rangs tient la foudre allumée.
« Ne va pas pressentir qu'un courage abattu
« Te demande merci ; tu connais la vertu,
« Tu connais la valeur du nom dont je m'honore,
« Du nom français ! ce nom toujours a fait éclore
« Un courage nouveau dans les plus grands revers ;
« J'en atteste ton roi, toi-même et l'univers.
« Veux-tu faire monter un dévoûment sublime
« Au dernier échelon ?... Vois si, dans un abîme
« Où déjà l'Espagnol est à demi plongé,
« Tu veux, sans que le ciel en paraisse outragé,
« Précipiter un peuple ami que ta sagesse
« Du sort le plus poignant peut sauver sans faiblesse.
« Voudrais-tu, pour payer sa noble fermeté,
« Présider froidement à son auto-da-fé ?
« Oui, quoi qu'il nous en coûte, et de douleur amère,
« De noble désespoir, de honte et de colère,

« Nous voulons, général, les sauver à tout prix ;
« Réponds, et si l'honneur n'est pas trop compromis,
« Si ton pays apprend qu'honorant le courage,
« Wellington n'a pas craint de rendre un juste hommage
« Au Français qui, cédant aux maux les plus amers,
« Veut garder son honneur en acceptant des fers,
« Dès demain tu verras ces débris magnanimes
« Que la faim, non la peur, a rendus tes victimes,
« Te céder, il le faut, des murs si regrettés.
« J'ai dit. — Au vainqueur seul de dicter les traités ;
« Tous à discrétion ! — Misérable !.. En ta tente
« Crois-tu m'humilier?... Ton ame délirante
« Croit donc tenir déjà le glorieux butin
« Que le Français là haut garde encor sous sa main?...
« Non, puisque ton cœur sec, de grandeur incapable,
« En se montrant humain craindrait d'être coupable ;
« Eh bien ! garde pour toi la honte et le mépris
« Que tu nous destinais !... Les Dieux n'ont point permis
« Qu'aucun soldat chez nous vécût pour l'infamie ;
« Quelque soit le destin, si, pour garder la vie
« La honte lui propose un ignoble fardeau,
« Sans crainte et sans remords il préfère un tombeau.
« Adieu ! Mais.... Cependant, si ta noble colère
« Impatiente, croit devoir se satisfaire,
« Tu peux frapper ce cœur, oui, ce cœur tout français
« Qu'un lâche assentiment ne flétrira jamais !
    Et l'impassible Anglais, en prenant pour jactance
Cet orgueil délicat qui s'irrite et s'offense
De l'insolent dédain dont il semble l'objet,
Congédie à l'instant Moncune stupéfait.
    Cependant, soucieux de sa trop longue absence,
Les soldats, sur les murs se groupant en silence,

S'interrogeant de l'œil, sur les donjons épars
On les voit contempler leurs pieux étendards ;
Et, sur les noirs créneaux bordant la citadelle
Immobile se tient la froide sentinelle.
Oh ! qu'il leur en coûtait en songeant à l'affront
Qui, peut-être demain viendrait souiller leur front !
Quel secours espérer de cette arme inutile
Qu'avec peine, aujourd'hui, soutient un bras débile ?
En vain leur noble cœur en murmure et se plaint ;
Quand la sève languit bientôt l'arbre s'éteint.

Enfin, un roulement au loin se fait entendre :
Le tambour bat aux champs, chacun brûle d'apprendre
Le résultat heureux et fâcheux à la fois
Qui devra délivrer l'Espagnol aux abois,
Frapper en même temps près de deux mille braves,
Rendre libre les uns et les autres esclaves.

Le guerrier, d'un pas ferme avance, et tous les yeux
L'interrogent en vain : Sur son front sourcilleux
Où la majesté règne et la fierté repose,
Rien ne peut transpirer, sa lèvre reste close,
Son héraut le précède, et le poste d'honneur
L'introduit en silence auprès du gouverneur.
Déjà mille propos en tous les coins circulent,
Tous les cœurs sont émus, tous les esprits calculent
Les chances de refus, les chances de succès,
Chacun espère ou craint selon ses intérêts.
Bientôt tout est connu !... — Alors un sourd murmure
Accueille en frémissant la révoltante injure
Qu'on fait à nos drapeaux ; le peuple consterné
Qui sent que son destin au nôtre est enchaîné,
Redoute cette fois que la morgue sanglante
De l'ennemi n'amène une chute éclatante,

Et que, jusqu'à l'extrême en poussant la rigueur,
Le désespoir n'enfante un horrible malheur.
On ordonne, en effet, que de la citadelle
Les murs soient excavés, qu'ensuite on amoncèle
Aux yeux des Espagnols, la poudre dans ses flancs ;
Qu'on s'apprête, qu'on s'arme : il faut que dans les rangs
De l'Anglais qui sommeille, un sinistre courage
Promène la terreur ; qu'au milieu du carnage
La citadelle en feu vomissant ses débris,
On force Dieu lui-même et les destins surpris
Enfin à seconder notre dernière audace.
Si nous mourons.... Que l'œil ne retrouve à la place
Des bastions, des forts, des orgueilleux remparts,
Que des tronçons brulés et des rochers épars!!

   Le plan est arrêté ; cette horrible manœuvre
Doit être exécutée. On voit se mettre à l'œuvre
Officiers et soldats ; celui qui le matin
Sentait sa force éteinte, est retrempé soudain
D'une vigueur nouvelle ; une chair enfumée
Que, pour ce cas extrême on avait réservée,
Alors vient exciter le bras du travailleur,
Quelque peu d'alcool réveille sa langueur ;
Et, chacun étonné de ressaisir la vie,
Surprend son triste cœur battre pour la patrie.
Dans quelques jours encore.... et le Dieu des combats
Leur sourira peut-être!... Oh! qu'on regrette hélas !
Tant de pauvres blessés, victimes innocentes
Qu'il faudra dévouer aux flammes dévorantes !...
Notre âme se révolte à tant de lâcheté....
Du sang de ses amis payer sa liberté !...
Solder leur dévoûment par tant d'ingratitude !...
Mourons! à notre cœur le coup sera moins rude.

Mais, qu'entends-je? la trompe en les airs retentit :
L'avant-poste s'émeut... Et, la garde conduit
Un Anglais, si j'en juge à sa veste écarlate....
Dans ses mains il agite une blanche cravate.
Voyons, que veut ce drille au maintien empesé?
Wellington, par hasard, en ennemi rusé,
Voudrait-il épier l'attitude et le geste
De Cassan [1], observer et deviner s'il reste
En son cœur soucieux encor quelque vigueur?
Si le feu de Moncune a perdu son ardeur?
Surtout, défions-nous de la race punique,
Et, craignons les présents dont la source est inique....
Il arrive, il attend, enfin il est admis.
« Général, a-t-il dit : vous serez peu surpris
« Que l'Anglais généreux, plaignant votre détresse
« Vienne ici protester contre cette rudesse
« Qu'on pourrait soupçonner, contre l'aversion
« Qu'il porte aux nobles cœurs. A la fière Albion,
« Qui sait apprécier votre brillant courage
« Rendez, je vous adjure, un plus flatteur hommage:
« Wellington, par ma voix, vous demande aujourd'hui
« La ville et rien de plus ; vous trouverez en lui
« Un loyal ennemi, le serviteur fidèle
« De l'Espagne, pour qui grandit toujours son zèle.
« Il vous offre ce que peut exiger l'honneur,
« Et tout le dévoûment qu'on accorde au malheur :
« Vous serez prisonniers de la noble Angleterre;
« Il en coûte à son cœur mais il ne peut mieux faire. »
« — Officier, nous verrons : demain on répondra
« A votre général ce qu'on avisera. »

[1] Général gouverneur.

Et l'Anglais aussitôt est conduit hors la place.
« Guerriers qui m'entourez, que faut-il que l'on fasse?
Dit le brave Cassan aux chefs tous assemblés :
« La dure extrémité répond : « Rendez les clés. »

Novembre commençait : chacun l'âme oppressée
A la France, en partant, adressa sa pensée :
« Peut-être loin de toi nous finirons des jours
« Dont nous aurions voulu te consacrer le cours ;
« Mais sous quelque climat que nous portions des chaînes,
« Ta grandeur, ô Patrie ! allègera nos peines :
« Adieu ! noble pays.... Berceau de la valeur....
« Adieu !... Tout est perdu pour nous... Hormis l'honneur ! »

DUPRILOT,

D.-M. P.

Brinon, mai 1846.